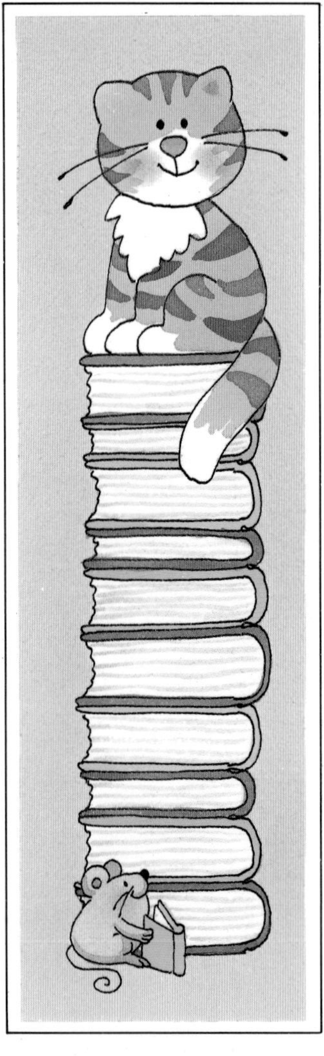

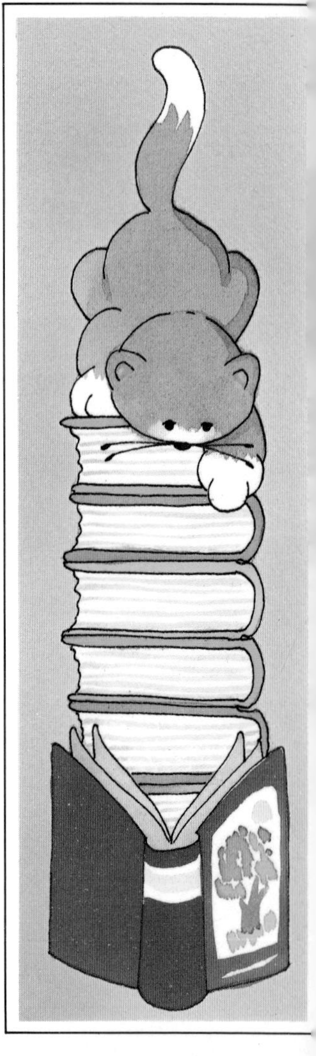

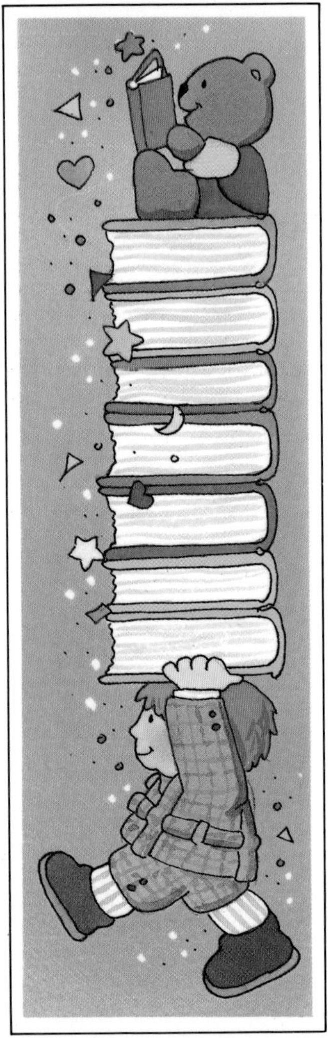
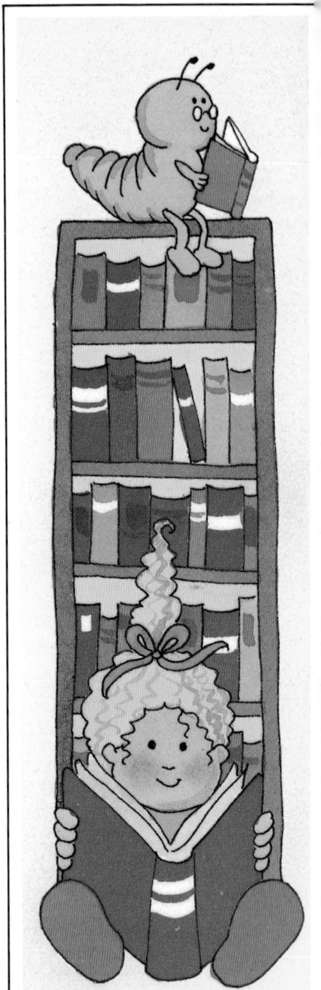

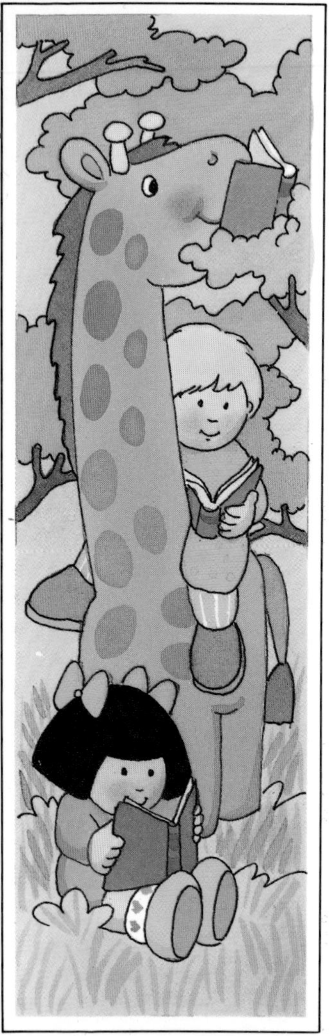

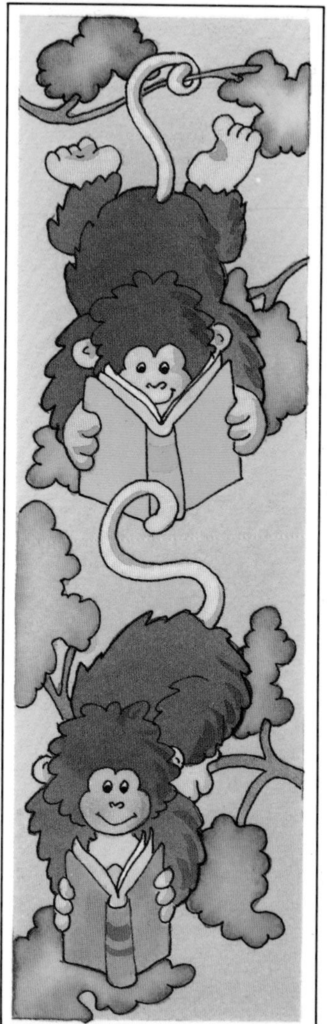

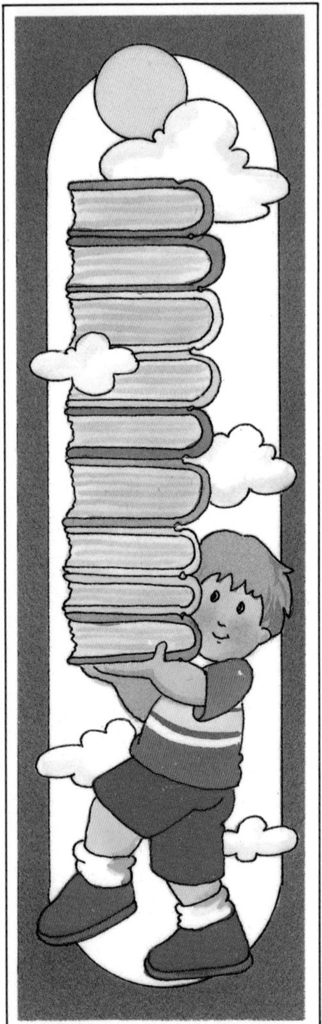

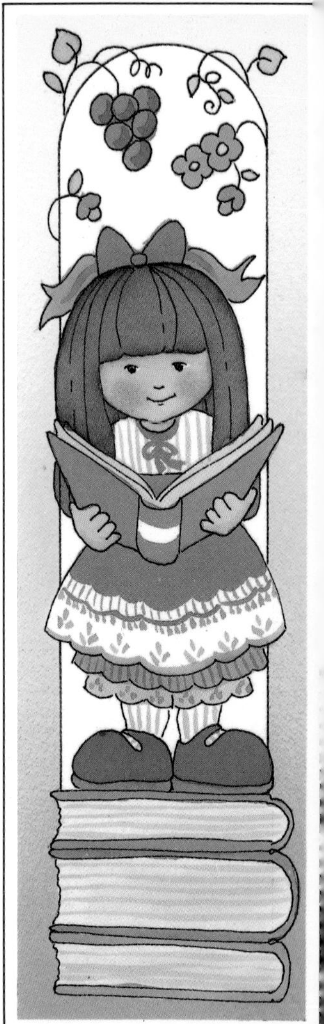

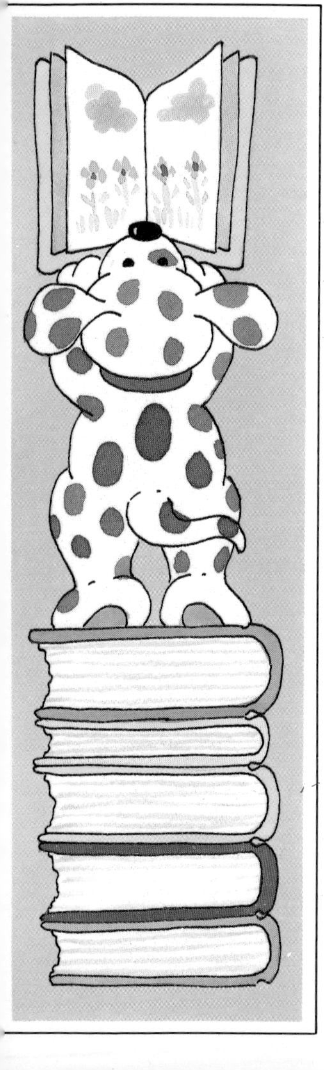

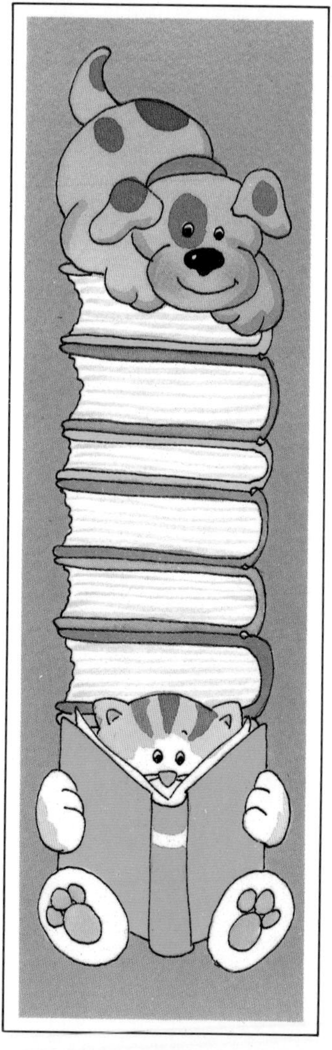